KB197368

너를

만나는

길 위에서

너를 만나는 길 위에서

펴낸날 2025년 1월 6일

지은이 박명현
펴낸이 주계수 | **편집책임** 이슬기 | **꾸민이** 최송아

펴낸곳 밥북 | **출판등록** 제 2014-000085 호
주소 서울특별시 마포구 양화로 156 LG팰리스빌딩 917호
전화 02-6925-0370 | **팩스** 02-6925-0380
홈페이지 www.bobbook.co.kr | **이메일** bobbook@hanmail.net

© 박명현, 2025.
ISBN 979-11-7223-053-1 (03810)

☾ P.S 기획시선 7

너를 만나는 길 위에서

박명현

누군가의 가슴에 기쁨이 될 수만 있다면

이런저런 일들을 뒤로하고
들과 산을 보고
강과 계곡을 봤다
물줄기는 옛날이나 지금이나
동일하게 흐르면서 차곡차곡
역사를 쌓았다

그런 시간의 여행을 쫓아다니다
멋진 여행지 고희에 다다랐다
흐르는 물같이
부딪치고 부서질 때도 있었지만
시간이라는 열차는
구불거리며 쉼 없이 달렸다

끊어질 것 같은 이야기들은
질기게 이어져서

너를 만나는 길 위에서

내일도 모레도 계속되는 시간 속에서
한 겹씩 쌓여 단단한
뚝을 만들어 갈 것이다

두 번째 시집 이후, 다시 쓰는
백여 편의 시를 묶어서
세 번째 시집을 세상에 내놓는다

『너를 만나는 길 위에서』 행간을 통해
어느 한 줄이라도
누군가의 가슴을 녹여낼 수만 있다면
내 삶의 최고의 기쁨이 될 것이다

그런 기쁨을 안고
나는 또 세월의 열차를 타고
더 익어가는 이야기를 쏟아내며
마지막 여행지를 향해 묵묵하게
걸어갈 것이다.

2025년 새해 아침에
새로운 별빛을 우러르며

제1부 다시 아침이 왔으면

제2부 **연이 하늘을 난다**

제3부 혼돈의 밤은 지나고

1부

—

다시 아침이 왔으면

섣달그믐 저녁에

날이 저물었다
어둑어둑한 수묵화를 그리는데
푸른 별빛이 내려와
얼어붙은 몸에 불꽃을 당긴다

대문을 밀치고 들어선 집안엔
어둠이 점령군처럼 밀려들어와
숨죽이고 앉아 있다

엊그제만 해도
국수를 동 솥에 끓여도
내게 담겨진 것은 감자 몇 쪽이었는데
이제는 그림자마저 어둠에 묻히고
덩그러니 혼자 남아 있다

까치설날이라고
까치들이 몰려와 재잘거리는데
어둠에 갇힌
눈은 어디에 두어야 할까

누가 양파 껍질을 벗기는지
두 눈이 아리다

너를 만나는 길 위에서

남산 어느 찻집에서

충무로에서
남산으로 오르다 보면
허리쯤에 숭의여대가 있다

그 길 한켠에 하얀 찻집
옥상에서 내려다보면 충무로와 명동의 빌딩들이
발아래 펼쳐진다

며칠 전 내린 눈이
국화꽃처럼 빈 나뭇가지마다 피어 있다

오후의 햇살을 받은
하얀 찻집은
하얀 눈빛에 반사되며
생각의 불을 밝히고 있다

바람이 지나가고
구름이 흘러가는
창문 너머로
저녁이 들어왔다

그리움에 지친 별들이 깨어나 눈을 맞추었다

마음의 진동

마음의 진동이 북극으로부터 온
한파를 짊어지고
흰 눈이 첫사랑처럼
한 자나 쌓였습니다

나목들마다 백옥 같은
미모를 자랑하는데
마음속에 외로움이 쌓이는 까닭은
세상을 까맣게 보는 까닭인가 봅니다

어릴 때
어머니가 예쁜 목도리를
손바늘로 짜 주셨을 때
목덜미에 감고 자면서
불안에 떨었던 것처럼

아름다움을
마음에 담지 못하고
언젠가는 첫사랑 떠나듯이 떠날까 봐
텅 빈
허공을 걷어내고
고개를 젖혀 빈 하늘을 바라봅니다

너를 만나는 길 위에서

첫사랑의 눈빛

며칠 동안 한파가 진동처럼 밀려와
나뭇가지마다
첫사랑의 깊이로 쌓였습니다

겨우내 맨몸으로 버텨온
소나무 선나무 참나무
가지마다 새색시 시집가듯 새하얀 분칠을 하고

어릴 적 어머니가 털실로 짜 주신
빨간 목도리를 꺼내 목에 두른 채
눈 쌓인 길을 나섰습니다

평생 마음에 담지 못한 그리움 때문에
혼자 애태우셨을 어머니 가슴속이 저랬을까?
첫사랑의 흔적만 가슴에 몰래 안고
애태우셨을 어머니의 발자국이 덮이고 있습니다

애련哀憐에 잠긴 하늘 바라보며
하염없이 쏟아지는 눈발 속에서
어머니를 닮은 첫사랑의 모습을 봅니다

꽃바람

하늘은 슬픔이 결빙되었나 보다
그리운 숨결들이 송이송이
바람에 실려
흩날리고 있다

가슴에는
낮별들이 가득 돋아나고
시간은 과거를 방치한 채
앞으로 달려가고 있다

내가 걸어온 흔적들은
바람에 소리 없이 쌓이고
이팝꽃 흩날리던 날
이밥 같은 미소로 손을 흔들던
너의 얼굴이 꽃바람을 지나
내게 오고 있다

너를 만나는 길 위에서

시詩의 향기

대한大寒도
소리 없이 왔다가 바람처럼 지나갔다
눈이 오려는지
어둠이 새벽안개 내리듯
내리고 있다

엊그제 배달된
시집 백 권,
어떤 이는 금송金松처럼
어떤 이는 패랭이꽃처럼
행간마다
시의 향기를 품고 있다

고요와 적막이 어우러진 쉼터에
시의 향기가 책갈피 곳곳에 묻어 있어
책장을 넘길 때마다
새벽녘 골안개 피어오르듯
하늘하늘 피어올라
책상머리에도 찻잔 속에도
수묵水墨의 향기 번지고 있다

179 실비實費집

한 평 남짓한
울도 없는 경계선에서
참숯은 자기 몸이 태워지기를 기다리고 있다

가게 안으로는
별빛만 찾아들고
겨울 찬바람은 어둠을 몰고 온 점령군처럼
밀려들고 있다
별과 이야기하는 부부는
서로 등을 지고 얼어버린 마음을 붉은
눈시울로 녹이고 있다
서로 다른 곳을 바라보지만 결국 생각은
하나의 꼭짓점에서 만난다
고통의 끝은 어딘지
가야 할 길은 어딘지
새벽녘 짙은 안개가 덮여 사방을 분별할 수
없지만 안개가 걷히고 나면 세상이 밝아오듯

너를 만나는 길 위에서

밀린 임대료와 체불된 월급 때문에
잠을 이루지 못한 나날이
지속되는 동안에도
다시 봄은 오겠지
기난한 땅에도 꽃은 피어나겠지
개구리도 겨울잠에서 깨어나겠지

가만히 손잡고
올려다보는 하늘엔
푸른 바다만 넘실거리고 있다

떠나는 마음

꽃가루 흩날리듯
어둠이 걷히고
아직 해는 뜨지 않았는데
하얀 유성이 흐른다
잔별들은 반짝이고
발밑의 흙냄새를 맡는다

잠시 희미한 기억 속을 더듬다가
날개를 펴고
바람을 가르며 일어났다

반짝이는 상처를
아무에게도 보여주기 싫어
밤과 밤 사이를 헤매고 다니다
기억이 잊혀지고 상처가 아물 때쯤
기다림에 지쳐 홀로 슬픔에 잠긴다

봄날

따사로운 햇살 받으며
나 이제 그대에게 돌아가리라
아지랑이 아롱거리는 거리를 지나
봄바람 타고
감추어진 가슴, 활짝 열어젖히고
곧게 뻗은 길 따라
한달음에 달려가리라

젖은 시간 헤집고
나 이제 그대에게 가리라
햇살과
바람이
가는 길 열어주어
직립으로 떨어지는 빛줄기 타고
한달음에 달려가리라

가서
부딪쳐서 흩어지는 물방울처럼
사랑의 꽃 피우리라

아침을 여는 기억

꽃잎이 움트느라
아침은 아직 오지 않았다

별이 꼬리를 물고
흙냄새를 맡는 동안,

희미한 기억 속
날개를 펴고
바람을 가르며 일어나는 기억,

지나간 시간 속에 남은
반짝이는 상처를
저 홀로 안고
꽃송이 가득 이슬을 묻는다

너를 만나는 길 위에서

길

민통선 너머
후평리에 황새 한 마리 날아왔다
길도 없는 하늘길 따라
몇 달을 쉬어가려고 수만 리 머나먼 길
쉬지 않고
이곳에 왔다

내가
살아온 한평생 길도
길 없는 길 따라
칠십 년을
걸어왔다

때가 되면
떠나는 철새처럼
내가 머물던 자리에서
혼魂불 하나 보내고 나면
세월에 지친 한 줌 재만
달빛에 담고
바람 속으로 길을 찾아
나설 것이다

혼자의 시간

춘분 무렵, 아침부터 비가 내리더니
날이 개었다
오후는 햇볕이 가슴을 밀고 들어와
고요한 적막을 들추어냈다

햇살 따라 까치 소리가 요란하다
손님이 오시려나 보다
한참을 재잘대더니
어디론가 훌쩍 날아가고
햇살의 흔적만 책상 언저리에 남아
흐물거린다

수평선처럼 길어지는 고요와 적막
중천中天에 떠 있는 해도
떠난 바람 그리워 희멀건 얼굴로
말이 없다

혼자라는 것은
언제나 길처럼 황량하다

누군가를 사랑했는데
한 줄기 비바람처럼
스며들고 말았다
고요한 적막만 하늘을 보고 있다

너를 만나는 길 위에서

피아노 폭포

네가 없을 때는
나도 없었다
기진한 인생의 시간이 오선지에 걸린 채
삶의 변곡점을 지나고
메마른 언덕 위에서 때를 기다린다
내 생명은 이미
내 것이 아니다
누군가로부터 길러진 것이다
겉치레는 모든 것을 잠재우지 못한다
허연 뱃가죽을 내밀고
때가 되면
광대의 몸짓으로 몸을 흔든다
한순간 모든 것을 털어놓으며
혼미한 자아自我는 바람에 날린다
누군가의
손짓에 울고 웃으며
자신의 인생마저도
동앗줄에 매달린 듯 보내고 있다
생은
광대이다

비 오는 날의 반딧불

봄비가 후두둑 떨어지는
밤 아홉 시
종로3가 거리엔
인적이 사라지고
반딧불만 반짝거린다

코로나로 밤 열 시가
통금이 되어버린 지 오래,
모두들 서둘러 집으로 향하는데
전철역 입구
하룻밤의 잠을 구걸하기 위해
누에고치처럼
한 평도 안 되는 박스집을 짓고 앉아
소주를 마시는 사내가 있다

반백의 머리에
투명한 이슬이 소주잔에 차오른다
한 잔은 삶의 고뇌를 위해 마시고
또 한 잔은 고독한 슬픔을 위해 마신다
그리고 마지막 잔은
한때 누군가를 사랑했던 추억을 위해 마신다

너를 만나는 길 위에서

비는 밤새도록 내리고
마지막 전철마저 끊긴
텅 빈 역사 안을 향해 머리를 두는
생의 반딧불 하나 눈을 감았다

잊혀진 날

- 음력 2月 20日

진달래가 피고
벚꽃이 만개하던 날
뒤란의 굴뚝에서는
힘 빠진 연기만 맥없이
하늘로 길을 떠났다

무쇠솥에선
한이 서린 물만 설설 끓어 넘치고
아카시아 나뭇가지
아궁이에서 몸을 태웠다

자식들 모두 제 밥벌이하는 모습 보시며
"이제 그만 됐다"
엉켜버린 실타래 풀 듯
훨훨, 여든두 해를 보내시고 떠나신
어머니

벌써 스무 해가 지났다

너를 만나는 길 위에서

친구들과 소주잔을 부딪치며
개나리와 벚꽃에 취해 돌아온
못난 아들이
밤늦은 시간 가족 카톡방에서
어머니 백 세 번째 생신을 뒤늦게 떠올리며
지지 않고 떠 있는 보름달만
무심히 올려다본다

다시 아침이 왔으면

절뚝거리며
달음질치는 발자국에
세월이 묻어났다

바람에 휘어지는 갈대처럼
굽어진 허리는
삶의 질곡을 건너온 증표다

그렇게
하늘이 바다가 되었고
바다가 하늘로 바뀌었다

삶의 귀퉁이에 걸려 있는
빛바랜 흑백사진처럼
인고의 시간을 견디어 낸
따뜻한 햇살에
피어나는 동백꽃으로
다시 아침이 왔으면

너를 만나는 길 위에서

달밭골月田

옛날 옛적에
배추 밭에서 배추를
무밭에서 무를 뽑듯
달밭에서 달을 가꾸어 뽑았다는 곳에

지난밤에도 달이 다녀갔다
달 뽑은 자리에
달빛이 뚝뚝 떨어져
곰취도 자라고
두릅도 자라나 소백산 중턱을
대낮처럼 환하게 밝혔다

그 달빛에
삼백 년은 족히 자란 소나무 사이로
철쭉을 품은 봄바람
젖어든다

쏟아지는 달빛을
소쿠리에 가득 담아
소백산 골짜기마다 심어놓고
흐르는 달빛에 조각배 띄워
정감록鄭鑑錄 십승지설十勝地說 중
일승지를 떠난다

반잔의 의미

"술은 차야 맛이고 님은 품어야
맛이라 했다"

봄의 전령인 곰취와
알배기 주꾸미로
소반 한 상이 차려 나왔다

명옥이 만들었다는 계영배의
가르침 따라
사랑하는 사람이
내 술잔의 반을 채운다

협착증 디스크 강직성척추염 만성척추염
붙일 수 있는 이름만 십여 가지인
내게

붉게 물든 노을빛 보다
더 진한 사랑을 담아
엄지와 검지 사이에 들어 올리는
반잔의 술

너를 만나는 길 위에서

술잔은 차야 제맛이라 했는데
반잔에 담긴 깊은 의미를
생각하며
무겁게 잔을 들어 올린다

길 아닌 길을 걷는다

입하立夏가 내일인데
설악산 대청봉에는 눈이 쌓였다
연녹색이던 능선은
하얗게 변하고
먼 바다가 발아래로 다가왔다

계절이 탈바꿈하듯
차가운 슬픔은 굳어진 채
바위로 남았다

사랑하지 않았어야 할 사랑을
사랑하였으므로
용서의 기도를 올린다

길 없는 길을 걸어가는 것인 줄
알면서
두 팔을 허우적거리며
오월의 눈 속을 향해 걷는다

아너 커피숍

공릉동 옛 경춘선 철길 옆
아너honor 커피숍
창문 넘어 풍경이
오늘따라
새벽 햇살 부서져 내린 꽃가루를
날리고 있다

이른 커피 향이
계단을 타고 내려오다
철길 옆 개망초 꽃잎 위에 엎어지고

게으른 몸을 감싸는 햇살이 길게
포물선을 그리며 따라온다

햇살에 기대어
내 남겨진 삶의 길이를 아너와 함께 보내려 했다
바람이 빗겨 가듯 삶의 언저리도
여름철 지나가는 소나기처럼 지워졌다

기지개를 켜는 나뭇가지들의 함성 소리,
유월의 신록은 물들고
남겨진 삶의 길을
꽃비와 함께 거닐고 있다

그렇게 살면 안 되나

비 온 뒤
질척거리는 거리를
이리저리 헤젓고 다니는 것처럼
사람들에게 밀려
버스정류장 뒷줄에 서서
하늘만 멀뚱멀뚱 바라보다 지각하듯
그렇게 살면 안 되나

친구 딸 결혼식에
하루 만에 고향을 다녀오느라 피곤에 지쳐
반쪽이 되어버린 저 달처럼
주머니 얇아져서
축의금 제대로 전하지 못하고
철 지난 옷을 입고 주변만 서성거리다
돌아오듯
그렇게 살면 안 되나

너를 만나는 길 위에서

만성 척추 협착증으로 삐딱하게 서서
밤하늘에 떨어지는 별을
맨몸으로 주워
사랑하는 사람의 가슴에 걸어주고
그 불빛 따라 남은 생을 꽃피우며
그렇게 살면 안 되나

가슴 깊은 곳에서
메아리가 돌아 나온다
그렇게 살자
그렇게 살자
누가 뭐래도
그렇게 살자

6월은 가고

여름을 알리려는지
닷새는 햇볕이 이틀은 빗줄기가 나뭇가지마다
쉬었다 간다

예로부터 겨울은
삼한사온이라 했는데
요즘엔 나흘은 햇볕이
이틀은 비가 내리는 날이 많아
이우사온이라 할 만하다

오늘은
풀잎에 놀던 빗방울이
햇살에 자리를 내어주고
소리 없이 다가와
아침 새들의 날갯짓 사이로 더운 바람을 놓고 간다

칠월이 가까워졌나 보다

사랑을 거두어들일 때

산마루 사이로 비추는 햇살을 따라
그곳으로 가려는데
사방이 칡넝쿨로 덮혀 있고
호랑가시나무와 엉겅퀴가 있고
하얀 찔레꽃이 빼곡히 피어 있다

햇살 타고
능선에 쉬 닿을 수 있을 것 같았는데
수십 년을 자란 소나무며
느티나무가
햇살을 끊어 놓아
발 디딜 곳조차 없다

나팔꽃이 피어난 걸 보니
곧 가을이 오려나 보다

이제 바람조차 늙어버린 몸으로
더는 날을 수 없을 것 같다

내 사랑도 그만 거두어들일 때가
되었나 보다

은갈치 선물

하얀 스티로폼 박스에 담겨
얼음 팩으로 다져
바다를 건너온 택배가
우체부 아저씨 품에 안겼다가
내게로 왔다

박스를 개봉하기도 전에
보낸 사람의 마음이 한 아름 느껴져
은갈치 하얀 속살처럼
마음도 하얗게
설렘으로 가득하다

비 온 뒤 산허리에 걸친 운무 사이로
서서히 드러나는 산의 이마처럼
택배 상자를 열어젖히자
제주의 바닷바람이 해일을 일으키며
나를 덮쳐온다

너를 만나는 길 위에서

펄떡거리는 갈치의 심장 소리에
지난날
대공원 비탈진 언덕에서
풀잎에 기대
은하수를 외줄 타듯이 건너던
그 시절로 돌아가고 있다

동궁東宮과 월지月池

아주 오래전
깊은 연못 하나가 생겨났다
문무왕의 달이
연못 속으로 들어와
천오백 년 동안 그림자도 없는
설움을 쏟아내고 있다

동궁에서 남궁으로
남궁에서 동궁으로
한 줄기 빛이 된 마음으로
티끌 한 점 없는 유리창을 넘어왔다

사랑하는 이의 가슴에서만 보인다는
달의 그림자를
캄캄한 어둠 속에서
아주 오래전 별의 눈물로 온
연못 속에서 보았다

너를 만나는 길 위에서

2부

—

연이 하늘을 난다

별의 집

안개비가 살포시 내리는 아침
숲길을 걷다가 문득 멀지 않는 날
내가 어느 하늘 귀퉁이별이 되어
반짝 일수 있을까 생각에 잠긴다

언젠가 다가올 그 날을 위해
생명보험에 노잣돈을 맡겨두었고
삼남매 불러서 치를 마지막 잔칫상도
이렇게 저렇게 치르라 일러두었는데
큰딸이 헛웃음 치며
쓸데없는 소리 한다고 퉁박을 준다

이번 장마가 끝나면
영혼은 별의 집으로 떠나고
한 줌 흙으로 남겨질 육신을 맡아둘
"별 그리다"에 가보려 한다
바람이 맑고
하늘이 맞닿은 그곳

너를 만나는 길 위에서

빼곡히 자리 잡은
서러운 영혼들에게 인사도 하고
별빛 총총 내리는 길을
한 걸음 한 걸음 밟으며
유유자적 혼자만의 발걸음 놓아두고
안개처럼 머물다 오려고 한다

달 속에 담긴 연인戀人

서울 대공원 미술관으로 향하는 언덕 위로
초승달이 떨어졌다

그 달 가슴으로 받아
가슴속에서
반달이 되고 보름달로 차오를 때까지
하늘은 온통 어둠뿐이었다
새털 같은 구름만 별빛을 좇아
오솔길을 지나갔다

가슴속에서 차오르던 달은 한순간
명경처럼 가슴 밖으로 튀쳐나와
그대의 이마를 비추고
손톱을 비추고
발끝을 비추었다

사방이 달무리로 어우러졌다

너를 만나는 길 위에서

가을, 해바라기

햇볕을 발라먹던 해바라기가
막장을 막 나온 광부 행색으로
꽃잎은 모두 시든 채
참혹하게 고개를 떨구고 있다

당당했던 젊은 날은
사라진 지 오래다
다가올 미래에 대한
걱정과 근심도 찾아볼 수 없다

이루고자 한 삶의 목표가
하나둘 익어갈 때쯤
그저 까맣게 물들어가는
욕망을 끌어안고
계절의 언덕 너머로 저물고 있다

한 치의 미련도 없다는 듯
눈 질끈 감고 갈바람에 실려
면발처럼 흐느적거리는 세상으로
가고 있다

한낮에

대낮인데도
사방이 벽으로 둘러싸여
빛이라고는 망망대해의 등대처럼
해진 벽 사이로 비치는 한 줄기
햇살뿐이다

어둠이 가득 찬 공간에서
전등도 켜지 않은 채
눈은 시집에 머물러 있고
마음은 세상을 향하고 있다

같은 몸인데
표적이 다르다
한 편이라도 더 읽어야 한다는 쪽과
지난 시절, 다가올 미래
그들에게 함몰되어가는 또 다른
내면이 갈등한다

분주히 시선을 옮겨보지만
마음은 갈피를 잡지 못한다

너를 만나는 길 위에서

벌떡 일어나 텅 빈 고요 속의
나를 향해 외친다
나는 누구냐?
어디로 가고 있느냐고?

서울 톨게이트를 지나며

서울을 빠져나가는 궁내동 한가운데
한 척의 배가 떠 있다
병목현상을 지나는 한 떼의 차량 행렬이
엉켰다 흩어지는

마치, 애벌레들이 서로를 밀치며
먹이를 구하려고
꼬물거리며 경쟁하는 모습 같다

꼬리에 꼬리를 무는
차량들 가운데 섞여
육지에 정박한 화물선 속으로
거침없이 빨려 들어가 창자 속을
시속 백이십 킬로로 질주하는
애벌레를 본다

너를 만나는 길 위에서

하루의 행복을 찾아서

유충이
질퍽한 어둠 속에서
일 년을 기다려
솜털 같은 날갯짓을 하다
날아오른다

바람 따라 구름 따라
저녁녘을 지난 어둠 속으로
검푸른 날갯짓하다
안겨든다

나도 그들처럼
조그만 산동네 비좁은 골목길을
서성이다
어디, 하늘 가까운 조용한 루프탑에서
어릿광대 같았던 하루

그렇게
저녁노을이 물들어 가면
일 년을 기다리다 생을 마감하는
하루살이마냥
하루가 또 소슬한 바람에 실려
지나고 있다

새 소주를 마시다

풋풋한 새날
새 소주를 마신다

한 잔은 그리움을
한 잔은 두려움을

창밖엔
어둠이 뚝뚝 떨어진다

어제의 낡은 어둠이 아니라
티끌 한 점 없는 어둠이
영롱한 술잔 속에
그리움이 되어
두려움이 되어

애써 마련한
희망이라는 새 잔에 채워진다
언제 가버릴지 모르는 시간이
찰랑거리는 술잔 속에
허전한 파도가 되어 밀려온다

별빛 닮은 그리움이
달빛 닮은 두려움이
그림자도 없이 문턱을 넘어온다

기억의 새순을 밀어 올리며

세월이 유수 같다고 했던가
눈꺼풀에 달고 살았던 너

사람 사이는 시간이 지나면
멀어진다고 했다

이제 또
한 해가 저물고
새해 새날이 밝았는데

멀어져 가던 네가
내 마음속 길을 꽉 채워 놓았다
마치, 시간 속 우물에서
고운 햇살 돋아날 때
물안개 피어오르듯
다시 살아나는 그리움

새날이라서
가슴에 묵정 같은 어둠이 걷히고
새싹이 돋아나듯이
그렇게
살아나는 것이

눈 덮인 새벽길을 마중 나갔다

새해 첫날
싸락눈이 내렸다
길 위에도
나뭇가지 위에도

싸래기 같은 눈길을
자박거리며
새벽바람을 마중 나갔다

겨울이
여름과 함께하지 못하는 것처럼
가슴속 깊은 곳에 묻혀 있는
홀씨 같은 사랑은
눈 덮인 새벽길에 별처럼 따라왔다

세월의 물살처럼
솟아오르던 사랑은 어느덧 흩어지고
하늘과
바람과
새소리만
내 곁을 지키고 있다

흰 두루미의 고뇌

우수雨水가 내일인데
봄은 오간 데 없고
겨울은 아직도 펄떡거린다

찬바람에
양재천 흐르는 물을 빙벽이 곳곳에서
막아 서 있다
흰 두루미는
한켠에서 떠나는 계절이 아쉬운 듯
떠나야 할 날을 그리고 있다

하늘을 보며
하늘길을 생각한다
올 때의 고단함을 잊지 못하고
가야 할 길을 생각하며 상념에 젖어 있다

가야만 하는데
어떻게 갈까
아이가 처음으로 피아노 건반을 두드리는 것처럼
망설이고 주저하다가도
분연히 일어나 가야 한다

너를 만나는 길 위에서

지나온 하늘길이
가야 할 하늘길이
날갯짓에 매달려 하늘을 배회할 때
언제부터인가 허물어진 나에게
새길 찾아 주려고
나 또한 새벽길 맴돌고 있다

꽃 그림자

내 머리 위에
호수가 하나 생겨났어요

호수에서 떨어지는
폭포수 같은 빗살이
이마 위에 떨어지고
가슴 위를 적시면서
가는 겨울을 마중합니다

눈을 감았다 뜨고
또 감았다 뜨면
얼기설기 엉켜 있는 망막에
예쁜 꽃 그림자 피어납니다

호수에 빠질 때도
빗살을 타고 어딘가로 떠날 때도
가슴에서 피어나는 꽃이
옅어지며 사위어 갈 때
이젠 그 사람이 떠날 때인지
이슬이 햇살에 사라지듯
지나가는 바람에
그 사람의 흔적도
살며시 흩어집니다

그리운 길에는 그리운 사람이 있지

그리운 길에는
그리운 사람이 있지

아직도 그 길
끝까지 가지 못하고
서러운 길만 긷고 있지

그리운 길에는
그리운 사람 묻어 있는데
흰 눈으로 덮여
그 길
보이지 않네

사라진 길 위에
그리운 사람 즈려밟고
언젠가 봄이 오는 날
웃음꽃 피우면
그리운 사람 피어날 거야

그리운 길 따라
그리운 사람 보고파서
오늘도 붉어진 노을만 바라보다
또 날이 저문다

달에 걸린 딸의 마음

봄맞이하려는 듯
세찬 바람 불던 날
딸을 찾는
엄마의 손금에 세월이 걸려 있다

불편한 몸인데도
약이라고는 외면하며
"밥이 보약이지 약은 무슨 약"이라는
엄마에게
아직은 아니라고
수백 리 밖에서도
엄마의 온기가 필요하다면서
외고집 엄마를 닦달한다

바람이 침략군처럼
먼지를 일으키며
낙엽을 휘몰아치고
앞산 능선에 걸린 구름에게
제 마음을 전하며 요동친다

딸의 마음이
바람이 적셔내지 못한
밤하늘에 걸려있는 달에게
흘러들어가
달빛에 직선으로 솟은 기둥을 타고
어미 가슴을 헤젓고 있다

내 마음 내가 알아요

내 마음 내가 알아
밤마다 시를 썼어요
별 귀퉁이에도
달 가슴에도
바람의 꼬리에도
그러다 꿈을 꿉니다

청보리밭에 바람이 찾아들면
파도 소리를 내듯
내 마음 한켠에는
하루하루가
피아노 건반이 되고 노래가 되어
추억의 담장을 쌓아 갑니다

오늘도
마음의 오선지 위에 그림을 그립니다
별도 그리고
달도 그리고
그러다 바람도 붙여놓았습니다

너를 만나는 길 위에서

별과 달이
오선지 위에서 내 마음을
연주할 때마다
꿈이 돋아나고
그 님도 환히 밝아집니다

연이 하늘을 난다

하늘에
새 한 마리가 날고 있다
자유를 만끽하려는 듯
꼬리를 흔들며 맴돈다

철 지난 철새인 양
바람 부는 방향으로
나가려 해도
한 발짝도 나가지 못하고
자유를 누리고 있다

코뚜레에 꿰여
창공을 나는 새를 닮은 꼬리연은
자유가 오기를 기다리다
코뚜레가 끊어질 때
생명이 다하는 줄 알면서도
자유를 찾아
꼬리를 흔들고 있다

너를 만나는 길 위에서

시간을 매달고
별빛을 세면서
창공을 날다
해海를 그리워하는 어항 속에 갇힌
물고기처럼 자유를 갈망하고 있다

나의 손을 보면서

알브레히트 뒤러의
기도하는 손을 보노라면
아버지의 손이 생각난다

아버지
손바닥은
소나무 등걸 같았다
손가락 끝자락에서
콩이 자라고 고추가 자라고 깨가 자라났다
그 손바닥에는 아카시아 꽃내음이 묻어 있고
오남매 삶이 묻어 있었다

손등을 어루어 더듬어 보면
작은 능선이 구불거리고
명주 천보다 얇아진 살결에는
검버섯이
사랑의 꽃으로 피어났다

손 마디마디마다
사랑의 흔적이 툭툭 불거져
끼워지지 않은 반지들이 생겨났다
그런 아버지의 손을 보다가
나의 손을 보면
꽃잎에 섞여 있는 듯했다

이젠
나의 손도
세월에 패여
어느덧 아버지 손을 닮아 있다

수술대를 지나고 나서

지나온 시간이
저문 날의 노을을 겹겹이
스쳐 지나간다

봄볕은 마음의 불빛을 따라
고향을 향하는데
아득히 멀어져간 첫사랑처럼
그리운 순간들이 떠오른다

텅 빈 공간을 가득 채우는
알 수 없는 눈망울들이
밤하늘의 별을 세는 동안
미지의 세계를 향해 길을 떠난다

바다에 떠 있는
흰 돛단배 위로
시간의 바람을 몰고 온
운명이 그림자 속을 날고 있다

너를 만나는 길 위에서

별빛 따라 떠나는 여행

서강이 내려다보이는
별빛 언덕에서
돈가스를 달빛으로 잘라 놓고
찻잔 속으로 여행을 떠난다

영월의 밤 불빛도
바람에 날리는 낙엽처럼
하나둘 쓰러지는데
갈 곳 잃은 내 발걸음은
티비 소리만 윙윙거리는 기차역
대합실에서
오지 않는 기차를 기다리는 동안

바람이 스쳐 지나가고
추억이 스쳐 지나가고
세월이 스쳐 지나가는
소리를 듣는다

친구의 사월 이야기

개나리가 곱게 피던 날
바람을 일으키며 달려든 트럭이
꽃봉오리 같은
아홉 살 어린 아들을 하늘로
데려갔다

그 모습 평생 잊혀지지 않은 채
서러운 형벌이 삽작을 떠나지 않아
지천명을 넘기도 전
세상일 훌훌 털어 버리고
망각의 세계로 발을 옮겼다

모든 것들을
가슴에서 떠나보내도
눈언저리에 남겨진 그놈 잊을 수 없어
하늘을 쳐다보며
눈물은 저절로 고운 햇살 타고
뺨 위로 흐르고 있다

너를 만나는 길 위에서

해마다 봄이 오고
노오란 꽃망울 드리울 때면
텅 빈 가슴으로
아지랑이 피어올라
옛일 더듬으며
젖어 있는 눈망울 다시 적신다

달빛 밟으며 걷는 길

바람에 흰 머리가 흩날린다
생명을 다한 벚꽃처럼
이런 날
달빛을 밟고 걷고 싶다

사십 년을 훌쩍 뛰어넘어
해운대역에서
비둘기호 열차를 타고
부모님이 계신 곳으로 휴가를 떠났다
기대와 설렘과 가슴에 자리 잡고 있는 그리움

달리는 완행열차의 차창 밖으로
달빛이 밤새도록 따라와
별빛만 마중 나온 풍기역에 내렸을 때
하얀 눈이 내 맘처럼 모든 것을 덮고 있었다

고요만이 숨 쉬고
노루가 지나간 발자국 따라
눈 위를 덮고 있는 달빛을 밟고
그리움 마시며 걷고 있다

내 기억 속에 저장된
그날의 풍경을 생각하며
달 뒤에 숨어버린 어머니 보고 싶어
오늘도
달빛을 밟으며 걷고 싶다

비 오는 날 빗소리는 들려줘야지

한적한 주말 오후
메타세콰이어 잎들이 바람을 꿰매고 있을 때
책상머리에 우두커니 홀로 앉아 있습니다
딱히 할 일도 없고
책을 폈지만 글자가 눈에 들어오지 않습니다

가만히 생각에 잠겨 있다가
한때
가슴앓이를 했던 친구에게
전화를 걸어봅니다

조금은
쉰 듯한 목소리지만
그래도 기분이 참 좋습니다

몇백 리
떨어져 있어도
이럴 때는 내 곁에 있는 듯
가슴에 가느다란 파장이 지나가고
하늘에는 구름이 흘러갑니다

너를 만나는 길 위에서

몇 마디
얘기도 나누지 못하고
전화를 끊고 생각했습니다

'비 오는 날
빗소리나 들려줘야지' 하다가
또 다른 생각에 잠겨 듭니다

태종대 유람선에서

세찬 파랑을 찍어내는
태종대 앞바다
해식절벽을 바라보며
유람선이 지나간다

거칠거칠한 삶을 살아왔다는
오동잎 닮은 여인
내일은 투석을 받아야 하지만
바다를 보고 싶어 이곳에 왔다

'돌아와요 부산항에' 노래에 맞춰
어깨를 흔들고
엉덩이를 흔들고
춤을 춘다

여인의 가슴은 오늘이 지나면
더 단단해질 것이다
딸이 준다는 신장이식을 마다하고
비가 그치고
바람이 잦아들면
가야 할 곳으로 미련 없이 떠나려 한다

너를 만나는 길 위에서

마른하늘이 갑자기 어두워진다
반가운 빗줄기가 쏟아지는데
너울거리는 바다처럼
스쳐 지나가는 바람처럼
뱃머리에 시서 두 팔 벌려
어깨춤을 춘다

때가 되면 떠나는 것을

꽃들도
떠날 때를 안다
그냥, 멈춘 듯 매달려 있어도
때가 되면 떠날 줄 안다

송이송이
생각이 없는 듯하여도
그들 가슴에도 사연이 있다

해가 뜨고
달이 지고
바람 불고
비가 올 때도
한 땀 한 땀
사연을 새기며 부끄러운 듯 웃음 지으며
가야 할 그날을 기다리다
때가 되면 길 떠난다

너를 만나는 길 위에서

가슴마다 숨겨진 사연 담고
때가 되면 길 떠나는
소슬한 바람처럼
나도 가만가만 길을 떠난다

제부도 가는 길

바람이 뭉게구름을 밀어내는
유월 한낮
뜨거운 고속도로 위를 달린다

차 안 가득 초로의 수다가
참외처럼 익어가고
시간을 거슬러 올라가는 추억의 실타래가
매듭 없이 풀리고 있다

휙휙 지나가는 풍경 너머로
쏜살같이 흘러간 어언 칠십 여년의 세월이
따라왔다

갑자기 십여 년 암 투병 생활을 하는
친구의 얼굴이 하얗게 질렸다
이마에도 너럭바위 같은 등에서도
땀방울이 솟아나 셔츠를 흥건히 적셨다

간신히 휴게소에 차를 세우고
119를 불러야 할지
타고 왔던 차를 돌려 병원으로 가야 할지
우왕좌왕하고 있을 때
걷기조차 힘겨워하며
구토와 설사를 거듭하더니
서서히 살아나기 시작했다

드디어 천둥번개가 멎고
흘러내리던 땀방울도 멎고
지나가는 바람도 멎은 듯했다

"나 혼자 먼 곳을 다녀온 듯하네" 한 마디 하고
여행길이 지체가 되었다고 떠나자는 말에
안도와 함께 불안과 공포가 밀려왔다

시끌벅적하던 공간이
새벽 산사처럼 적막에 빠져들었다

차가 대부도 건너서 제부도로 향하는 동안
섬과 섬 사이로 지나가던 바람이
서러운 밀물처럼 밀려왔다

너를 만나는 길 위에서

3부

—

혼돈의 밤은 지나고

길, 끝자락은 어디에

소리에는
바람의 소리도 있고
눈 내리는 소리도 있듯이
소리 들이 엉켜서
아름다운 하모니를 만들고
빗겨 나갔을 때는
파장에서 이탈하기도 한다

그래도 소리는
다른 곳을 향하여 달리다가
끝내는 한 곳으로 모였다
사라진다

사랑이
언제부터는 전부였던 네가
언제부터는 희미한 그림자가 되기도 하고
언제부터는 온 맘 받쳐 노래를 부르다가
언제부터는 실비 내리는 가을날이 되었다

그러다
너는 기억이 없어지고
나는 기억을 지우지 못해
사랑의 환상에서 벗어나려
길, 끝자락을 찾아 떠난다

친구 만나는 날

유월을 보내려
간밤에 폭우가 쏟아졌나 보다
길이 보이지 않는 장마가 이어질 때
부석사의 쇠북 소리 그리며
그들을 기다렸다

길은 사라지고
빗줄기는 시간을 멈춘 채 쏟아지는데
지난날의 추억을 배달하려고 달려온
친구의 눈빛에서 은하수 건너온
물줄기를 보았다

우리에게 남겨진 시간은 아슴한데
꿈으로 동여맨 가슴을
실타래 풀 듯 풀어가며
흐르는 강물처럼
오늘 하루를 보내고 싶다

너를 만나는 길 위에서

감자꽃 떨어지고 하지夏至가 도래하면

장맛비가 걷히고
앞산에는 운무가 산을 가리우고
지천을 분별할 수 없는데
산줄기를 타고 늪을 건너서 숨바꼭질하듯
여름 문턱을 넘어 햇살의 길이가 길어지는
하지가 찾아왔다

내 어릴 때는
아스라이 먼 보릿고개가 있었다
배고픔을 모르고 사는 지금은 이해할 수 없지만
그때는 하지를 목메어 기다렸다
산 밑 토사 밭에 삼월 중순에
감자 눈을 도려내서 재를 살짝 묻혀 심은 감자가
자식 사랑으로 백일기도를 드리는 어머니 심정으로
백일을 기다리면
뿌리마다 주먹만 한 감자들이
주렁주렁 달렸다

그것들을 캘 때쯤
어머니의 걱정은 산 능선을 넘어갔다
아침마다
무엇을 먹여야 할지 고민하면서
바가지만 움켜쥐고 서성거리며
가슴에 메여오는 눈물을 삼키면서
부엌을 맴돌던 날들이 태반太半이었다

흰 감자 자색 감자를 수확하면서
상차림이 가득해졌다
감자떡 감자부침개 감자수제비 감자국수 찐 감자 등
때로는 보리밥에 감자가 듬성듬성 얹혀 있을 때는
세상 부러울 것이 없는 듯했다

하얀 분이 반짝거리는 감자를
얼갈이 열무김치와 곁들어 먹을 때면
앞산에 솟아오른 보름달을 베어 먹는 듯
한 편 기쁨이 가슴에 복받쳐 오르고
때로는 설움이 눈가를 적시우기도 했다

감자 꽃이 하얗게 피었다 지고
여름의 길잡이 하지가 도래하면
감자를 먹을 수 있다는 생각으로
가슴 꽃이 하얗게 피어났다

이제
에어컨 먼지를 털어내며
먼 옛날의 하지를 생각하면서
청계산 기슭 '물소리'에 가서
감자수제비 한 그릇 시켜놓고
감자 꽃 그리면서
추억의 잎새들을 날려야겠다

밤은 지나가고

별빛도 다녀갔다
달빛도 다녀갔다

먼 길 돌고 돌아
빈 의자들이 누군가를 기다리는 새벽이 왔다

오지 못할 것 같았던 그곳
언젠가는 다다를 수 있다는 그곳
생각이 양립하면서
지금 이 자리에 서 있다

먼 뒤안길을 헤쳐
이제 밝은 해가 솟을 때를
기다리고 있다

붉은 해가
하늘을 밝히면서
내 이야기를 노래하고 춤추는
새벽이 오고 있다

너를 만나는 길 위에서

사라져 버린 별빛 길을
사라져 버린 달빛 길을
잊어버리고
떠오르는 해를 맞아
또 다른 길을 떠나자
나의 길을

정암사 적멸보궁寂滅寶宮에 비가 내린다

함백산 자락을 타고
정암사 적멸보궁에 비가 내린다

기와지붕 추녀 끝자락 타고
작은 폭포가 쏟아진다
1300년 전 자장율사가 심어놓은 주목이
적멸보궁을 바라보며
온몸으로 비를 맞고 있다

꼿꼿했던 허리 구부리고
너희는 낮아져라
낮아지고 낮아져서 바닥에 이르러라
비구니 스님의 예불 소리
산기슭에 울려 퍼진다

처마 끝자락,
반짝거리며 솟구치는 모래알
어디 모난 곳 있으려나
이리저리 몸 굴리며
수행 중이다

너를 만나는 길 위에서

소나기 그치고
마음에 새겨진 외딴 섬 하나
천이백 리 서울 가는 길
외로운 만행萬行을 떠나고 있다

가을 무렵이 되면

더위가 걷히고 소슬바람이 가을을 몰고 올 때쯤이면
내 기억을 소환하는 추억의 필름이 상영된다
초등학교 때
돌담길이 황구렁이 기어가듯
마을을 에워싸고 있는 작은 동네에
나보다 한 살 아래인 옆집 여자아이가 살았다
그 애 아버지는 탁주를 거나하게 드신 날이면
돌담을 피아노 건반 두드리듯
소리를 읊었다
곡도 가사도 한결같았다
"내 딸이 우리 면에서는 미스코리아지"
"더 예쁜 아이 있으면 나와 봐"
밤이 이슥하도록 목청을 높였다
얼굴이 갸름하고 눈이 예쁜 우영우라는 아이
괜스레 가슴이 울렁거려 그 애 앞을 지나치지 못하고
뒤만 따라갔었는데
아쉽게도 시골 중학교를 진학하지 못하고
고향을 떠나 서울로 갔다
몇 년이 흐른 뒤 567번 버스 안내양이 되어
추석 명절 고향에 내려오면
멀리서 괜스레 웃기만 하던 그녀
세월이 흘러 누군가의 아내가 되었다는 소식에

그날 밤 밤새도록 별만 세었다
새벽이슬을 혼자 맞으며 몇 편의 소설을 섰다 지웠던
기억이 새록새록 돋아났다
결혼을 한 후로
보험회사로 다단계로 전전하면서
세월을 보내다가
환갑을 앞두고 폐암에 걸려
마른 쑥부쟁이가 된 모습을 고향 마을
어귀에서 보았는데
그해 가을이 오기 전,
하늘 한가득 그림을 그렸다
쓱쓱 지워버리듯
내 기억을 지워버리고
파란 하늘 너머로 사라지고 말았다
그날 이후로 해마다 가을이 오면
하늘이 시리고
가슴이 시리고
별이 시리다

그리움 찾아 떠나는 꿈속

햇살이 다시는 어둠을 생존하지
못하게 하려는 듯 쾌청한 날이다
갈바람이 곳곳에 숨어 있는
여름을 데려가려는지 구석구석 그늘을 찾아다닌다
조간 경제 신문에 인구절벽이란 기사가
헤드라인으로 눈길을 사로잡는 아침,
고요한 정막을 깨는 휴대폰 벨 소리가 울린다
"할아버지 오늘 밤 시온이 데려가면
내일 장난감 많이 사 줄 거죠?"
"그럼 많이 사주지"
뜬금없는 딸의 전화가 끊어지고
오후 여덟 시에 엄마 손에 이끌려
시온이가 함박웃음을 지우며 내 품에 안겼다
돌아서는 엄마 손을 놓지 못하고
"일찍 올 거지?"
갈바람에 쫓겨 가는 여름 끝자락 같은 표정을
짓고 있다
엄마는 떠나고
작은 책상에 세워진 목판 사진을 끌어안고
"엄마 참 예쁘다" 한 마디 한다
다과상에 복숭아 포도가 올라오고
티비에서는 키즈 유튜브가 분위기를 띄우고 있지만

시온이 마음속엔 온통 엄마 모습뿐이다
창밖에는 어둠이 무서리 내리듯 무겁게 내려
시야가 어두워질 때
"시온아 이제 그만 자야지"
한 마디 말에 거부할 수 없다는 것을 깨닫고
살포시 자리에 눕는다
"할아버지 기도는?"
짧은 기도가 끝나자
"시온이도 딱 한 가지 소원이 있는데"
"하나님 엄마를 빨리 만나게 해 주세요"
"딱 한 가지 소원이에요"
목소리가 파르르 떨려온다
돌아누워 소리 없이 베개를 적시는
여섯 살 꼬마 소녀,
시온이에게는 엄마가 최고라는 것을
다시금 일깨워 준다

내가 누군가가 그리워서 흘린 눈물은 언제였던가
기억이 아슴하다
고추를 따고 오신 어머니가
툇마루에 걸터앉으면서
"이제 오늘로 은비녀는 그만이다"

쪽 찐 머리를 쓰다듬고 놋비녀를 꽂으시던 어머니
밀린 공납금을 내려고 은비녀를 파셨다는 그날
지금 생각하면 어머니의 마지막 자존심이
무너진 날이었다
오늘 밤 손녀를 재우고 나서
유난히 반짝이는 별은 본다
저 별들 어딘가에 어머니가 살고 계실 거야
어린 손녀가
할아버지에게 그리움을 일깨워 준 밤,

사랑하는 시온아
우리 그리움을 가득 심은 가슴 밭에
빨간색 노란색 하얀색 보라색 꽃들이 피어나면
꽃밭을 누비며 보고 싶은 얼굴을 찾아보자
두 팔 벌려 너를 안아주는 해바라기가
거기서 너를 기다리고 있을 거야
너울거리는 사랑은 담고

백합꽃 같은 시온이 얼굴에
웃음꽃이 배시시 피어난다

별 따라 흐르는 마음

몇 년 만인가
아내와 별빛 밟으며
산 어귀에 있는 좁은 길 끝
마산 아구찜 식당에서
저녁을 먹고 오던 기억이…

그때는 나이 들어
돈 없으면
김 마담도 이 마담도
소주 사 줄 돈 없을까 싶어
몰래몰래 비자금을 마련해 두었었는데

별빛에 취해
마누라에게
통장과 도장을 내놓고 말았다
"이제는 자신이 없네"
"몇 달을 더 버틸 수 있으려는지"
"고생했어"
황소 같은 눈만 껌벅거리는 마누라 눈에서
별빛 사리가 쏟아졌다

별에서 별을 건너가는 동안
힌남노 태풍에 갈대숲 흔들리듯
어깨가 들썩인다
"아직은 알 수 없잖아요"
"그럼 반은 넣어 두세요"
마주 잡은 두 손에서 세월이 흐르고
사랑이 흘러갔다
그리고 두어 달 지나 정기 검진을 받았다
10년을 직장암 대장암 위암으로 투병 중이었는데
부활한 예수처럼
암 덩어리가
한풀 꺾였다는 의사의 말끝에
"거참 신기합니다"
"기적이 일어난 것 같습니다"
그 말 한 마디에 아내는
밥맛도 좋고
잠도 잘 자고
볼에는 복숭아빛 물이 들었다

너를 만나는 길 위에서

가족들은 일터로 가고
혼자 남은 거실에서
지난번 아내와 함께 보았던 별을 보면서
"내가 너무 성급했어"
"좀 더 신중했어야 했는데"
흔들리는 불빛 따라
김 마담도 이 마담도 눈가에서 아른거릴 뿐
이제, 마누라 엉덩이만 쳐다보며 살아야 하나
아쉬운 마음에 헛기침만 내뱉고 말았다

유성우流星雨 떨어지던 날

나무들도 가을을 보내고 나면
물관을 막아 잎을 떨구는 것처럼
십여 년 암 투병하던 이웃집 여인
막내아들 장가보내고
일주일 되던 날, 먼 길을 떠났다

자식을 위해 마지막 촛불을 밝히고
홀로 먼 길 떠난 그 여인
감나무 위 까치밥처럼
홀로 견딘 세월 애처로워
별빛도 밤새 불을 밝혔다

남편을 빼앗긴 채
남겨진 두 남매를
금이야 옥이야 길러 내느라
손발은 소나무 등걸처럼
갈라 터지고 가슴은 피멍이 든 채로
생의 불씨를 지켜왔다

너를 만나는 길 위에서

마지막 잎이 지던 날
늦은 가을비가 내리고
깔이파리 수의 한 벌 입고
유성우 흘러가는 방향으로
길을 떠났다

그리움이 밀려올 때

지는 잎들이
표표히
몸을 날리는 오후
간간이
불어오는 바람도
제 갈 길로 간다

이런 날은
누군가와
마음을 나누다
뜻 모를 감정에 휩싸여
괜스레 가슴이 먹먹해지기도 한다

노을이 온통
주위를 붉게 채우며
적막 속에서 뒹굴다
별빛과 자리를 바꾸는 동안

너를 만나는 길 위에서

오늘이 가고
내일이 가고
그러다
그러다
갈 곳 없는 마음은 또다시
네게로 간다

사랑을 떠나보내고 나서

날 저문 저녁
내게로 배달되는 소리

어둠에 갇혀서
별은 보이지 않아
가슴속에 저장된 별을 꺼내어
어둠을 밝힌다는
어머니

기억은
하얀 잿더미가 되어 가고
별들도 희미해져 가고
잊지 않으려
잊혀지지 않으려
간간이 꺼내어보는
별들

별을 생각하며
가슴에서 피어나는 그리움
그러다, 잊혀질까
가슴 조이며
별을 생각하고
행복에 젖어
홀로 웃음 짓는다

그리움

밤은 깊어 가는데
책상 앞에 앉아서
책장을 넘기는 너의 모습이
까맣게 새겨진다

하얀 종이 위에
헝클어진 채 박혀 있는 활자들
문장을 떠나
가슴 속으로 들어올 수 있기를
기대해본다

별빛 흐르는 밤
그렁그렁 지나가는 시간처럼
잊혀지지 말기를

밀려오는 서릿바람처럼
나를 시리게 해도
빈 가슴 가득 채워 준 지난날을
그리워하며
나만의 별을 찾아 나선다

너를 만나는 길 위에서

그리움이란

그리움이란
눈을 호수로 만드는 것이다
호수에서 "나룻배와 행인"*도 되고
호수에서 별을 낚는 강태공도 된다
궂은 날에는
마음 밭에 오두막집 한 채 짓고
해 질 무렵
붉게 물든 노을을 보며
뜨거웠던 가슴을
까맣게 태우는 것이다

눈꺼풀 따라
낙수 떨어지는 소리가
쇠북소리 울려 퍼지는 것처럼
가슴을 울려 퍼지게
하는 것이다

---

* 『나룻배와 행인』 한용운 시 인용

존재存在란?

존재란,
잊혀지지 않는 것이다
설령 내 곁에서 사라지고
가슴속에서 멀어진다고 하더라도
다시 돌아올 수 없는 먼 길 떠났다고
잊혀지는 것은 아니다

추억 속에서 자라고
생각 속에서 커가고
때로는 하룻밤을 아름답게 지새우기도 한다
그렇게 계절도 바뀌고
세월이 지나가기도 하는 것이다

손에 잡히지 않는다고
없는 것이 아니다
오래된 망막 속에서
춤추기도 하고
낯선 기억 속에서
여행을 떠나기도 하는 것이다

너를 만나는 길 위에서

가슴 한구석에
자리 잡혀 있고
추억 한켠에 머물러 있으면
존재하는 것이다

그런 줄 알면서도
불현듯 허전한 것은
아직, 완전히 떠나보내지 못한
미련이 왕릉처럼 남아 있기
때문이다

우째 살아야 잘 사는 거냐

겨울도 훌쩍 지나고
봄은 꿈틀거리며 늦장을 부리고
날은 추운데
잘들 지내지

다니는 길마다
새싹은 나올 기미도 없고
말라비틀어진 풀섶만
힘겹게 자고 있다

내일, 모래가 고희인데
아직도 살 걱정하느라
눈치가 뵈서 전화도 하지 못하고
궁겁다

어제는
별 친하지 않은 친구가
천국 갔다고 오라는데
가지 않았다

가서 뭐 하노
생전에도 연락도 없이 지냈는데
혹, 보고 싶은 친구들도
저래 되지 싶었다
뭐 그리 바쁘게들 사는지

백수의 저녁

낚싯줄에 걸린 해가
뚝 떨어질 때쯤
쉼터를 나선다

집에 도착할 때쯤이면
달빛이 꽃가루를 뿌리고 다가와
내 마음을 흔든다

늙은 아내가 온종일 끓여놓은
곰탕 한 그릇을
소반에 차려주고
"많이 드소"
한 마디 던져놓고 휑하니
자리를 뜬다

수명이 다한 백열전등이
깜박거리며
뚝배기 안에서 허우적거린다

썰물 빠져나가듯
곰탕이 비워지고 나면
내 마음도 비워지고
그렇게 또 하루가 저문다

봄비 칼국수

개나리 꽃망울 톡톡 터지는 날,
봄비가 추적거리며 봄 마중을 나온다

금송으로 만든 안반을
찻상으로 차려놓고
녹차의 향기를 음미하다가
예전에는 귀히 여기던 안반이 한순간에
찬밥 신세가 되었다는 것을 생각한다

어릴 때
비 오는 날이면
아버지가 어머니를 향해
"오늘 점심은 배가 부름하게 칼국시나 해 먹세" 하면
고방 한켠에 자리 잡은 안반과 홍두깨가
새색시처럼 마루를 차지하고
하얀 모시 상보가 바닥에 깔렸다
밀가루와 콩가루를 7대3으로 섞어
안반과 홍두깨가 사랑 노름하듯
당겼다 밀어내던 어머니의 모습은
내겐 유일한 여신의 자태 그대로였다

요즘 칼국수 면발은 굵고 넓게 기계로 뽑지만
어머니의 면발은 언제나 가늘고 얇게 나왔다
넓게 벌려진 한 두레를 포개 써는 동안
육수는 따로 만들지 않고
배추와 대파 감자를 듬성듬성 썰어 넣고 끓여 냈다

어머니의 칼국시 면발에
삼 년 묵은 간장, 매운 고추와
마늘을 다져 만든 양념간장을
한 숟가락 듬뿍 넣어서 먹으면
바람 빠진 풍선 같던 배가 뒷동산처럼
두둥실 떠올랐다

이제는 멀어져 가는 안반과 홍두깨가
그리운 것은
어머니의 손맛을 잊을 수 없는 탓일 것이다

언제 다시 들어볼 수 있을까
손 칼국시를 밀어내고 면발을 써는
어머니의 도마 소리를,

가늘게 잘리는 면발과 함께
잊히는 것이 어디 안반과 홍두깨뿐일까
아픈 추억들도 아스라이 잊혀지고
봄은 스멀스멀 내 앞으로 다가오는데
나는 어디로 가고 있는지,

칼국시 면발 끊어지는 봄비 소리에
툭툭 자리를 털고 일어나
나도 모르게 오늘 점심은 안동 칼국시나 먹으려고
소호정으로 향한다

산다는 것은

산다는 것은
안개 덮인 이른 새벽
산들거리며 불어오는 바람을 맞는 것이며
밤꽃 내음에 설레는 가슴을 몰래 감추는
아낙네의 모습이다

산다는 것은
징검다리를 건널 때
물살을 가르며 놀고 있는 송사리를 보는 것이며
뜀박질하다가 냉수 한 잔에
그윽한 미소를 짓는 것이다

산다는 것은
백발노인이
수레를 끌고 폐지를 줍는 모습을 보고
왠지 모르게 가슴속에서 울려오는
종소리를 듣는 것이다

너를 만나는 길 위에서

산다는 것은
소나무 등걸 같은 아버지를 떠올리고
괜히 눈물짓는 것이고
쪽 찐 머리에 첨 비녀를 찌르시고
가시고기처럼 자식들 배 채워주느라
왜소해진 어머니가 생각나서
하늘을 쳐다보는 것이다

그렇게 살다가
대학병원 어느 귀퉁이에 누워 있는데
젊은 의사가 다가와
"이제는 그만 집에 가서 남겨진 삶을
잠시 쉬었다 가시는 것이 좋을 듯합니다"
라는 말을 들을 때
흰나비가 눈 깃에서 나풀거려도
아직은, 살고 있다는 것이다

가슴속이 비워질 때

사람들은
세월을 먹으면
수도자처럼
내면의 모든 것들을
떠나보낸다

채워질 줄 알았는데
해(年)가 지날수록
바람에 날리는 한 줌 겨와 같이
휑하니 비워져 간다

세월에
사랑도
절망도
회한도 으깨져서
단단해질 것 같았는데

한 점씩
한 점씩
세월이 걷어내어
항아리 속에 재워지고
빈 가슴속은
타성의 늪처럼 깊어 간다

또 다른 길을 택할 때

비 온 뒤
잎새에 맺힌 빗방울이
푸르른 수채화를 그리고 있다

삶의 유희를 떨쳐내고
다른 세상을 향해
생명체를 옮기고 있다

여린 이파리에
자신의 심장을 위탁하며
생명의 끝자락까지 밀려온
물방울 하나가 떨어진다

일 년 동안
하늘을 날고 있다는 알바트로스처럼
하늘의 기억을 가져와
땅의 길을 간다

젖은 잎새마다
생명의 숨결이 들어와
새로운 아침이 시작된다
앞산 가득 뒤덮고 있는
물안개가 새로운 길을 향한
첫 문을 열고 있다

비는 떠나가고

엊그제 내린 비로
흙 속에서 바람이 깨어났다

바람이 떠난 대지는
다른 세상이 되었다

바람은 어디론가 흔적도 없이
사라졌다

뼈와 살을 묻어놓고
떠나버렸다

너를 만나는 길 위에서

그러나 언젠가 다시 돌아올 것을 믿는다
뜨거운 햇볕 아래서
비가 오기를 기다린다

마음을 적시고
발가락을 적시고
꽃잎에 매달려 떨고 있는
너를 보며 웃는다

이제
마음 한켠에서
멀어지는
너를 지켜 보고 있다

때가 되면 그곳에 다다른다

물결에도 사랑이 피어날 때는
부드럽고 포근하지만
그도 힘이 있고 화가 날 때는 거칠어진다
촘촘히 서서 사람을 거부하고
바람과 새들에게 안식을 주던 갈대숲을
성난 물결은 허리를 부러뜨리고
모든 것을 빼앗아간다

임진왜란 때도 그랬고
육이오 때도 그랬다
힘이 넘치면 언제나 덤비는 욕망들

나도
젊은 날은 세상에 덤볐다
대륙을 넘나들고
사람을 이기려 들고
사랑을 움켜쥐고 하늘을 날려 했다

너를 만나는 길 위에서

비 온 뒤
개울물 건너려 돌다리를 디딜 때
수초가 밀어내어
수천 길 낭떠러지로
떨어지는 때가 되었다

사랑도 마음속에서 살아야
진정한 사랑이란 것을 깨닫기도 하고
넘어진 갈대의 너그러운 마음도
함께할 수 있다

해 질 녘
노을의 아름다움에 취해
눈먼 시절이 이제는 내 곁에 있다
돌아 돌아 제 자리에 가 있으면
되는 거지
그래서 힘 빠진 지금이 참 좋다

연민

폭풍이 몰아치는 날
가슴속으로
훈풍이 불어오는 까닭은
나도 모르게
그리운 것들이 차오르기 때문이다

부서지는 빗방울 따라
돋아나는 추억은
붉어진 복숭아 껍질 벗겨져
속살이 드러나듯
향기롭게 돋아난다

먹구름 뒤덮인 하늘이 바래
반짝거리는 별이 뜰 때를
기다리듯
짙은 눈매에 깃든
혼곤한 연민에 젖는다

혼돈의 밤은 지나고

예수를 믿지 않던 네가
하나님을 영접하던 날
목에서는 갈매기 울음소리가 흘러나오고
밤하늘에선 별이 부서지고 있었다

부서지는 별들은
가족들 눈에도
친구들 눈에도
사랑하는 연인의 눈에도
보석처럼 빛이 났다

계절은 어느새 가을바람을
몰고 오고
이내, 스산한 겨울을 보내고 나면
다시 봄이 오는 것처럼

너를 바라보는 눈빛마다
하얀 나비들이 날고 있다
침묵의 시간이 흐른 뒤 트이는
말문처럼
내 마음이 하늘을 날아오른다

먼 본향을 찾아가는 길손처럼

인생의 끝자락에서

누군가 말했다
가을은 여름이 타다 남은 숲이라고
여름의 숲을 지난
고희의 문설주는
젊음이 남겨준 찬란한 무늬다

용기도 빼앗기고
희망도 날려버리고
욕망도 불살라버린 채
남은 것은 반짝거리는 눈빛뿐

폭우에
모든 것들이 쓸려나가고
바닥이 드러나도
속살은 그래도 본연本然의 모습을
드러내지 않았다

세월이 흘러가고
기억이 사라진다고 해도
봄볕에 돋아나는 대지의 눈처럼
마음의 새싹은
희망을 놓지 않을 것이다

너를 만나는 길 위에서

4부

—

흙의 기억을 돌아보며

가을 햇살 비칠 때

가을 햇살은 울지 않는 아이다

가슴을 파고드는 빛깔로
지친 그늘을 밝혀주고
사랑의 기억을 불러온다

가을 햇살은
갈대를 저절로 춤추게 하고
흐르는 물을 찬란하게 한다

심드렁한 대지를
일어나게 하고
외로운 행군을 동행해 준다

가을 햇살은
힘차게 자라던 나뭇잎에
온기를 불어넣어
그대 가슴에 마지막
홍조를 띠게 한다

가을 햇살은
계절을 돌리고
지구를 돌리고
헝클어진
내 마음도 돌려놓는다

망막 스크린

밤이면
넷플릭스에서 영화를 보면서
프라이드치킨, 감자튀김에
맥주를 마신다

영화는
어둠 속에 묻히고
어떤 이의 그림자를
찾아 나선다

총소리에
가슴이 열리고
장 검 끝에 어둠이 깊어진다

어둠 속에서
영사기가 과거를 불러오고
퇴색된 구겨진 신문처럼
끊어졌다 이어진다

기억은 또렷해지고
영화는 흐릿하게 사라진다

너를 만나는 길 위에서

어둠은 깊어가고
영화는 끝자락인데
망막에서 펼쳐지는 스크린에는
심장이 멈춰진 한 편의 시리즈처럼
한 편이 끝나고 나면 또 한 편이 시자된다

해일이 일고 있는 밤바다 같다

달빛 조각

빗살에
잘린 달빛,
잘게 부서져 반짝거린다

상처 난 마음이
피를 흘릴 겨를도 없이
지친 꿈을 꾼다

빛이 멈추면
하루가 멈추고 어둠이 짙어진다

조각난 꿈들이
휩쓸려 가다가
언젠가는 이어져서
사랑이 되어
나래를 펼친다

너를 만나는 길 위에서

그래도 일어나 걸어야 한다

삶이 힘겨워
어둠의 터널을 지날 때는
온정을 펼칠 생각도 못 했다

갈대도 꺾이고
이팝나무 이파리도 말랐다

보름달이 그믐달로 바뀌고
바람도 잦아들었다
창밖에는 어둠이 밀려들고
산 짐승은
빛을 기다린다

뜨거운 모래와
거친 바다가 넘실대는 해변을 거닐다
시간이 벗겨지고
내 영혼이 영원히 머무를 수 있는 곳에
다다를 때까지 어둠은 계속된다

그래도 일어나 걸어야 한다

황혼의 갯벌

집으로 돌아가지 못한
물방울들이 모여 있다

때가 왔을 때
떠나지 못한 것들은
결국 미련에 갇히고 만다

저녁 햇살에 물든 노을은
하얀 서릿발로 변했다

함께하지 못한다는 것은
쉽게 사라져버리는
안개와 같은 것이다

썰물이 된 갯벌은
상처투성이다
누군가의 먹이가 되고
누군가를 길러낸 바다의 어머니

떠나지 못한
한 줌의 물이 또 다른
생명이 된다

너를 만나는 길 위에서

그리고 민물이 밀려오면
갯벌은
두 손 벌려 바다를 안는다

단팥죽에서 피는 꽃

싸락눈이 내릴 때
단팥죽 한 그릇 시켜 놓고
검투사 칼날처럼
좁은 그릇에서
불똥이 튄다

그곳에서
해바라기가 피고
장미꽃도 피고
진달래도 피어난다

꽃들은
카페 공간을 넘나들며
향기를 내뿜고 있다
벌, 나비가 없어도
창틀에도 찻잔에도
사랑의 열매를 맺고 있다

꽃들은 떨어지고
열매는 눈망울에,
싸락눈 위에 살포시 내려앉아
익어간다

너를 만나는 길 위에서

찻사발에 우려진 길

흙에 생기를 불어넣은
찻사발을 든다
찻잎이 우려지는 동안
도공의 뜨거운 손길이
느껴졌다

인고의 세월이 녹아든
비췻빛 하늘이 담긴
녹차 한 잔에
석양이 드리우고

식도를 따라
온몸으로 번지는
과거로부터 이어진 길이
환하다

멈추어진 시간

이야기가 시작되면 나는
끝없는 광야를 헤맨다

모든 이야기는
한순간 바다에 수장되고
그 뼈대는 물결로 생성된다

세상은
어둠이 되기도 하고
빛이 되기도 한다

보이는 것 같지만
보이지 않는다

닻 없는 조각배가
태평양 가운데서
바람 한 점 없는 항해를 하는 동안
그림자마저 평온을 유지하고
새로운 희망을 꿈꾼다

너를 만나는 길 위에서

지나간 것들은 모두
갈증 난 시간 속으로 스며든다
추억은 고요를 담고 흐르다가
어제처럼 햇살의 정수리를 지나
푸른 낙엽을 떨구고 돌아앉는다

여행지에서의 하룻밤

어둠이 짙어지는 동안
가오슝 사랑의 강가*에는
청춘 남녀들의 사랑이 피어난다

꼬마 열차는 덜커덩거리며
여행객을 실어 나르는데
피곤에 지친 아내는
새우처럼 의자에 기대 잠을 청한다

언젠가부터 아내의
콧노래가 듣기 싫어
건넌방에서 밤을 보냈는데
사랑의 강이 보이는 철길 옆 호텔에서
신혼 시절처럼 합방을 했다

반쯤 벌어진 입술에
수영선수처럼
물 뿜는 소리를 쏟아내고
숱 많던 검은 머리는 하얗게 시들어 있다

---

* 대만 가오슝 시를 따라 흐르는 강

너를 만나는 길 위에서

커튼 사이로
새어 들어오는 불빛에 비친
세월의 벽에 서러움만 밀려나
더불어 산 지 사십 년이나 지난 여행지에서
그렁그렁 눈시울이 뜨거워졌다

꽃다웠던 새색시 모습은 어디 가고
세월의 고갯길을 넘어가는
나그네 되어
서러움도 노여움도 없는
꽃불이 되었다

그래, 이제라도
마음의 꽃물을 들이고
은빛 강물에
지나간 사연을 썼다가 지우며
밤새 달빛을 따라가야겠다

새 터전을 찾을 때

서른다섯 번째 고개에서
새 터전 찾아 떠난다

뱃고동이 울던 곳
갈매기도 어딘가로 떠나고
남겨진 자리에는
커피 향이 맴돈다

옛길 서러워
바람도 울고 있고
바닷물도 일렁거리며
마음을 되뇌인다

이어지기보다
끊어져야
밝은 미래가 펼쳐지는 것
이제 또 다른
내 자리를 찾아가야겠다

너를 만나는 길 위에서

쑥떡 밥, 샘물 국

청명 한식이 지난 지 열흘이나 되었다
만개했던 벚꽃도 생을 다하고
파릇한 새싹이 돋아 나와
연초록으로 갈아입고 있다

오늘은
봄비가 온종일 내리고 있다
빗소리에 봄의 등에 올라탄 기분을
느끼는 한낮
점심으로 무얼 먹을까 생각하다가
칼국수나 쑥이 들어간
된장국 생각이 났다

내가 어릴 때 살았던 곳은
소백산 골짜기에 자리 잡은
경북 영주시 부석면 소천리 두둘마을이다

윗동네가 30호 정도 되고
언덕 밑 양지바른 곳에 네 집이 옹기종기
자리 잡고 있었다

우리 집은
안채와 사랑채로 나뉘어 있었고
안채 끝자락에 디딜 방앗간은
동네 아주머니들의 놀이터였으며
안마당과 사랑마당으로 나뉘어
제법 집이 컸다

야트막한 돌담 너머로 남산마을이 보이고
논과 밭이 한데 어우러져서
마치 바다에서 너울이 일렁거리는 듯했다

언덕에는 감나무 밤나무가 즐비하게
자라서 운치를 더해주고
뒤뜰에는 오죽이
군락을 이루고 있었다

바람이 불어올 때는 대나무 부딪치는 소리가
비가 오는 듯 신비로운 음감을
들려주곤 했었다

너를 만나는 길 위에서

꽃을 좋아하시던 어머니는
돌담을 타고 넘는 넝쿨장미를 길러서
담장이 장미꽃으로 변했고
황매화가 운치를 더해
마치 한 폭의 그림 같았다

그곳에서 아버지는
할머니를 모시고 5남매를 기르셨다

큰 누님은 출가하고
일곱 식구가 오순도순 부러울 것 없이 지냈다
고모도 일곱 분이나 계셔서
어느 날이고 손님이 없을 때가 없었다

여름밤이면 감자에 옥수수를 간식으로
준비하고 댓돌을 무대 삼아
노래를 부르며 이야기가 끊이지 않아
달이 마당 한가운데로 올라올 때까지 놀곤 했었다

우리 집에 손님이 끊기는 때는
3월 중순부터 5월 중순까지로 기억된다

넉넉하지 못하던 살림에
농사를 시작하고 춘궁기가 찾아오면
우리 집에도 보릿고개가 시작되곤 했었다

어머니와 할머니와 누나는
파릇파릇하게 자라나는 쑥을
아침마다 들판과 언덕을 헤매고 다니며
뜯어오셨다

아기처럼 보드라운 솜털을 가진 여린 쑥을
소쿠리며 냄비며 그릇마다 가득 뜯어오면
바위틈에서 솟아나는 맑은 샘물로
깨끗이 씻어서 켜켜이 밀가루를 입히고
솥에서 익혀내면
고슬고슬한 쑥떡 밥이 되었다

먹어도 배가 부르지 않고
허기가 졌던 쑥떡 밥
그때는 그 밥이 그렇게 싫었었다

너를 만나는 길 위에서

저녁마다 소반 한 가득 쑥떡 밥이
나오는 것을 볼 때
철없는 아이 얼굴은 일그러지고
하늘만 쳐다보고 있었다

쑥떡 밥 옆에는
샘물이 국을 대신하여 올라왔다
어떤 시인의 "별국"이란 시도 있던데
그분의 고향은 그래도 좀 낳았던 것 같다

싫어도 먹어야 한다는 어머니 말씀에
하늘을 쳐다보며
질겅질겅 씹어 삼켜야 했다
목구멍에 자꾸 걸리던 쑥떡 밥을
샘물을 국 삼아 끼니를 때웠다

별국에는 달도 있고 별도 있었다던데
샘국에는 그것마저 없었다

샘국을 싫어하는 아들을 보면서
어머니는 언젠가부터
간간한 맛을 첨가하기 시작했다

길어온 샘물을 항아리에서 그릇으로
옮겨 담을 때
떨어지는 어머니의 눈물 맛이 아니었을까

달도 별도
어머니 심정을 알았던지
더는 하늘에 떠 있지 못하고
구름 속으로 숨어들었다
어슴푸레한 저녁나절,
쑥떡 밥으로 생을 이어가던 그때

오늘은 그 쑥떡 밥이 점심으로 먹고 싶다
달 뒤에 숨어 가슴 시려 했던
어머니가 지어 주시던 쑥떡 밥
이젠 어머니만 다시 볼 수 있다면
볼이 터지도록 먹어 보고 싶다

한참 혼자 생각에 잠겨 있다가
후~, 긴 한숨 몰아쉬고
도다리쑥국을 판다는
백반집을 찾아 나섰다

할머니의 꿈

자유를 동경하는 할머니
전철역 대합실에서
별을 따서 가슴에 묻고
톱스타가 된다

남남처럼
연인처럼
파 뿌리로 변한 세월을 딛고
할아버지 곁에서
배우가 된다

일곱 살 소녀처럼
마냥, 신기해하는 할머니는
손깍지 끼고
칡넝쿨처럼 감고 있는
할아버지 품 안에서
새싹처럼 비집고
춤을 춘다

너를 만나는 길 위에서

별과 달이 반짝이는 세상을
꿈꾸며
사랑 끝자락은 이유 없이 황홀하다고
충무로 대합실에서
연극을 한다

이런 세상
저런 세상을 펼쳐 보이며
골수팬인
그이 앞에서 배우가 된다

사랑은 그런 건가

노을이 물드는 언덕에서
별을 기다리고
달을 기다렸다
으슥한 밤에
망태에 가득 별을 따고
가슴 한가득 달을 따서
그대 가슴에 심었다

사랑은 꽃을 피웠고
향기가 노을을 덮었다
그렇게 마흔 해를 보냈다

사랑은
반석이 되어
갈라질 수 없을 줄 알았다
그런, 사랑이
허기진 배를 채워주는 바람 같았다

너를 만나는 길 위에서

샘물처럼
쉼 없이 솟을 줄 알았는데
깨어진 독에
물 붓기 같다

사랑은 본시 그런 건가

새로운 길 찾아서

아름답게 물들인 길을
뒤로하고
하나님의 법리에 따라
창조라는 이름으로
새 길을 가려 한다

낯선 길에
장미꽃도 있고 철쭉도 피어 있지만
때론 천둥번개를 동반할 때도 있다
그러나
두려움보다는
네가 있어서 용기가 나고
행복을 느끼고 사랑을 배워간다

낯선 길에서
비 온 뒤 피어나는
무지개 타고
너와 나는 힘차게 날아오르리라
창조라는 힘을 가지고
단단한 사랑의 울타리를
만들리라

너를 만나는 길 위에서

흙의 기억을 돌아보며

누군가의 죄를 그가 품어 안았다
천 년을 지나오는 동안,
묵언의 시간을 보냈지만
나는 여전히 의도하지 않는 죄를 지으며
살고 있었다

그는 내 심장을 갈라놓고
생명을 묻었다

새털처럼 많은 날이 남아 있다지만
나는 회개하는 마음으로
가슴 깊은 곳에 묻혀 있던 생명을 살려내고
새로운 바람을 불러와
새로운 몸을 갖게 했다

세월이
빗물에 스며들기 시작하면
의도 하지 않았던 죄도 용서가 될 것이다

미처 돌아보지 못했던 소중한 생명도
어둠 속을 벗어나
마침내 빛을 보게 될 것이다

길음역은 그대로인데

눈 오는 날도
비 오는 날도
꽃 피는 날도
꾸역꾸역 그곳으로 향했었다

그곳을 향해 가다 보면
설렘이 아지랑이가 되기도 하고
두려움이 소나기로 따라와
외진 골목길에 멈춰 서기도 했다

사방을 가로막고 있는 콘크리트 벽면 사이로
철 이른 나비 한 마리가 흰 구름 사이로
지나가다 나를 힐끗 돌아보았다

한때는 사랑을 꿈꾸던 그곳
한때는 행복을 꿈꾸던 그곳이었는데
이제는
영화의 마지막 장면 속
엔딩 크레딧처럼
수많은 이름들 속으로 추억마저
밀려나고 있다

너를 만나는 길 위에서

별 마을 정거장

봄날의 소백산은
공기마저 초록빛으로 물든다
곰취 향이 물씬 풍기는 숲속으로
무수한 별들이 쏟아진다
스스로 빛을 내는 수많은 별을 바라보다가
하늘 한 귀퉁이 어딘가에서 내려다보고 계실
아버지별을 찾아본다

내가 겨우 중학교 1학년 무렵
부석사 봉황산 마루가 바라보이는
용바우골 문중산 양지바른 곳으로
일찌감치 소풍을 떠나신 아버지,
아버지가 겨우 지천명에 다다랐을 무렵이다

평소에 아버지는
어린 내게 형은 서울로 갔으니
네가 새겨들어야 한다고
묫자리에 봉분을 쌓고
봉분 머리는 봉황산 마루를 바라봐야
한다며 가묘假墓를 만들어 놓으셨다

봄 가을이면 어린 나를 앞장세워
연례행사처럼 주입을 시키셨다

세상 떠나기 전에
당신의 천년 거처를 만드시고
때때로 들러 볕이 잘 드는지
바람이 쉬었다 갈 수 있는지
꼼꼼히 살피셨다

가묘에서
무덤으로 바뀔 때
천년을 산다는 주목을 둘레에 심었다
그 나무가 자라 반백 년을 훌쩍 넘기고
봉분에 그늘이 드리우는 바람에
베어버린 지도 3년이 지났다

나도 어느덧 종심從心을 앞두고
고향 가는 길목,
양평군 양동면 삼산리 산 54번지에
복합 묘 세 평을 사놓고
'별 그리다'로 명명했다

사방이 탁 트이고
좌청룡 우백호 한가운데 있어서
경치가 일품이다

죽어서도
자식늘에게 폐를 끼치고 싶지 않아
장례보험도 들어놓고 했으니
만반의 준비가 끝난 셈이다

아이들 모두 심성은 착하지만
부모와 갑자기 헤어지게 되는 순간이 온다면
당황하고 우왕좌왕할까 봐 미리 일러두고
다짐해 두었다

뼈와 살은 천도의 불길 속에서
한 줌 재가 되겠지만
마음의 형상은 어찌 지울 수 있겠는가
그래도 서운할 수 있으니 작은 돌 하나 세워
누군가의 아버지였다는
이름 석 자 새겨 넣고 소박한 상석床石 하나만
올려놓으라고 당부해야겠다

달이 지면

달이 지면
생명을 다하고
어둠이 찾아오는 것이 아니다
어둠 속에서
찾아야 할 빛이 있기 때문이다

어둠 속에는
잴 수 없는 깊이가 있고
그리움이 묻혀 있다
언젠가 떠오를 달빛을 기다리는 마음
그것이 한 길도 넘게
숨겨 있다

어둠이 찾아온다고
마음마저 어둡지 않다
어둠 속에서 기다림은
언제나 향긋한 장미꽃 향기가
배어 있다

너를 만나는 길 위에서

달이 진다고
어둠이 찾아오는 것은 아니다
까만 도화지에
반짝거리는 그리움이
짓이겨져서
별빛이 되어 쏟아시기 때문이다

짐의 무게

2024년 7월 13일 조선일보 기사다
설악산 마지막 지게꾼 임기종 씨는
60kg을 지고 비탈진 산길을 걷는다
대청봉, 흔들바위, 비룡폭포, 비선대를
산속 암자로 생필품을 나르며 50년을 살았다
그 무거운 짐이 그의 인생을 밀어줬다고 한다
고비를 넘고 넘으면 탁 트인 고속도로가
나올 거라는 희망을 가지고
자폐증이 있는 아들을 위하여
대청봉도 별거 아니라며
매일 올랐다고 한다

고희를 맞은 그가 마지막 지게꾼으로
아버지의 사랑을 전하고 있다

사랑이란 침묵 속에서 끊임없이
뜻깊은 순간을 지키는
위대한 여정이라는 것을,

너를 만나는 길 위에서

내게도 올망졸망 짐이 매달렸던 적 있었다
가난이라는 짐
가장이라는 짐
남편이라는 짐
아버지라는 짐
그 짐들 가운데 함부로 벗어던지지 못하는
아버지라는 짐을 이제는
내려놓을 때가 되었다

다섯 달만 지나면 나도
고희가 된다
이젠 엉켜 있는 짐을
하나씩 벗어 버리고
홀가분하게 대청봉에 오르고 싶다

일주일 전
막내아들도 결혼을 하고 새 삶을 시작했다
알콩달콩 잘 살기만을
기도드리며 한켠에서 지켜봐야겠다

그런데도
아직도 내 어깨는 가볍지 않다
다 떨쳐낸 듯 싶었는데
어딘가에 무엇인가 매달려 있나 보다

엉덩이를 흔들며
요란을 떨고
만세를 부를 수는 없지만
작은 것들은 작은 대로 툭툭 떨쳐버리고 싶다

가벼운 몸과 마음으로 홀가분하게
작은 배낭 하나 메고
대청봉도 오르고 백록담도 오르고 싶다

아니 어딘가로
훌쩍 떠나고 싶다
어깨
허리춤
손아귀에서
눌리고 매달리고 잡고 있는 것들을
일흔의 고개에서 훌훌 떨쳐내고 싶다

이제는 내 안에서 나만의 부유함을
느끼면서
광활한 자연을 만끽하고
가시덤불이 가득한 삶의 뒤안길,
아스라이 펼쳐질
미래의 시간들을
사뿐히 걸어가고 싶다
내게 남은 날들
그렇게 살아가고 싶다

반가운 손님

며느리 맞이한 지 40일째 되는 날

봄날
새순 굳은 땅 밀어 올린 듯
오늘이 새색시 생일이라고
어렵사리 카톡에
글을 남긴다

한바탕
여름철 소나기 내리듯이
축하 잔치가 쏟아지고
볕 짚불 삭아지듯
잠잠해졌다

아들 내외의 다정한 사진들 보며
그 자리에 함께하지 못하여
아쉬워하는 엄마 마음을
첫눈 내려
대지를 잠재우듯 하라는 딸들 말에
슬며시 고개를 떨군다

주말에
곱게 단장한 아들 내외의 방문에
한우 갈비찜이
빵빠레를 울리고
칠순 노인의 발바닥은
나비처럼 춤을 춘다

가을바람 불어오고

노을이 가슴을 펼쳐 놓은 듯하다
질긴 여름이
가을의 힘에 눌려 질척거릴 때
돼지갈비가
한껏 기름을 짜내고
양은 잔에는 막걸리가 가득 채워진다

추석을 지내느라
반백이 된 친구가
연휴 기간에 '인생 죽음'이라는
다큐를 보면서 저물고 있는 여름과
밀고 들어오는 가을을 느꼈다고 한다

사람 사는 곳곳마다
신비로운 세계는 있겠지만
내딛는 발걸음 무거워진다고
막걸리 잔이 채워지는 동안
내 마음도 붉은 노을이 된다

너를 만나는 길 위에서

때가 되면 밀려가는 여름처럼
삶이란 밀려나는 것이지
돼지갈비 속에서 짜내는 기름처럼
우리들의 삶도 때로는 팍팍해지기 마련이지
붉게 물들었다 지는 노을처럼
때가 되면 사그러지는 것이
인생 아니던가

배려의 성이 무너질 때

빼빼로처럼
머리를 처박고
펄떡거리는 불빛을 따라
하얀 도화지에 박힌 글자들을
뽑고 있다

할아버지는 공인중개사 자격증을
아저씨는 소방기사 자격증을
아주머니는 주택관리사 자격증을
열다섯 중학생은 기말고사를,

모두
노다지 금맥 찾으러 떠나기 전
정성 어린 기도를 드리느라
고요가 지배를 한다

철없는 중학생 엉덩이는
바람에 날리는 겨처럼
오 분을 참지 못하고 뛰어다닌다

너를 만나는 길 위에서

신천지 같은 핸드폰이 펼쳐지고
날아다니는 겨로 인하여
더는 글자를 뽑을 수 없다고
대책 없는 점괘를 항의하며
"주인아저씨"
"환불요"

마음의 평화

가을이 오고
가을이 간다는 것은
서걱거리는 갈댓잎에
눈을 베이는 것이다

바람에
구름을 씻고
천둥에 바위가 부서지는 것이다

그렇게
가을이 가고
겨울이 오는 것이다

생각도
계절의 변화를 따라가다
어느 칼에 베일지
어느 꽃잎에 웃을지
그저,
바람에 물결이 일렁이는 것처럼,

너를 만나는 길 위에서

물결이 잔잔하면
바람도 잠잠하고
내 마음도
빛을 따라 소행성을 찾는다

너를 만나는 길 위에서

칠월의 볕은 따갑다
그을음 속에서 해가 지고 달이 뜬다
그렇게
우주에서 한 점을 찍으며
촛불이 세상을 밝히듯
사랑이 태동되고
사랑은 익어간다

내 핏줄 안에서 헤집고 다니던 네가
소우주를 찾아 떠나는 길에도
실패와 고뇌의 시간은
비켜 갈 수 없다

믿음 안에서
삶을 살아가며 사랑을 배우고 익어 가면
네 핏줄에서
또 다른 네가 태동되고
종려나무를 꺾어들고
세상을 온전히 이룬
등대 같은 존재가 된다